La promesse des îles

Illustrations
de Linda Lemelin

la courte échelle
Les éditions de la courte échelle inc.

Les éditions de la courte échelle inc.
5243, boul. Saint-Laurent
Montréal (Québec) H2T 1S4

Direction littéraire et artistique:
Annie Langlois

Révision:
Simon Tucker

Conception graphique de la couverture:
Elastik

Conception graphique de l'intérieur:
Derome design inc.

Mise en pages:
Mardigrafe inc.

Dépôt légal, 3ᵉ trimestre 2003
Bibliothèque nationale du Québec

La courte échelle reconnaît l'aide financière du gouvernement du
Canada par l'entremise du Programme d'aide au développement de
l'industrie de l'édition pour ses activités d'édition. La courte échelle est
aussi inscrite au programme de subvention globale du Conseil des Arts
du Canada et reçoit l'appui du gouvernement du Québec par
l'intermédiaire de la SODEC.

La courte échelle bénéficie également du Programme de crédit d'impôt
pour l'édition de livres — Gestion SODEC — du gouvernement du
Québec.

Données de catalogage avant publication (Canada)

Plourde, Josée

   La promesse des îles

   (Premier Roman; PR138)

   ISBN 2-89021-630-6

   I. Lemelin, Linda. II. Titre. III. Collection.

PS8581.L589P76 2003   jC843'.54   C2003-940868-X
PS9581. L589P76 2003
PZ23.P56Pr 2003

Josée Plourde

Josée Plourde a grandi à Cowansville dans les Cantons de l'Est. C'est là qu'à neuf ans elle publie son premier texte dans un magazine destiné aux professeurs. Elle a étudié en écriture dramatique à l'École nationale de théâtre à Montréal. Depuis, elle a écrit des romans, des nouvelles, des pièces de théâtre et des textes pour des livres scolaires. Comme scénariste, elle a collaboré à de nombreuses émissions de télévision pour les jeunes, dont *Le Club des 100 Watts*, *Télé-Pirate* et *Watatatow*. De plus, elle participe à des tournées dans les écoles et dans les bibliothèques, ce qui lui permet de rencontrer des centaines de jeunes lecteurs chaque année.

Josée Plourde a des projets plein la tête et des idées plein la plume. Et même si elle aime la solitude, cela ne l'empêche pas d'entretenir une grande passion pour les jeux de société. Elle en fait même une collection!

Linda Lemelin

Née à Québec, Linda Lemelin a étudié en graphisme avant de s'inscrire en scénographie au Conservatoire. Depuis cinq ans, elle a illustré des romans jeunesse et plusieurs manuels scolaires.

Grande amie des animaux et de la nature, Linda croque la vie à belles dents. Entre le dessin, ses trois chats, ses nombreux cactus et le patin à roues alignées, elle n'a vraiment pas le temps de s'ennuyer.

De la même auteure, à la courte échelle

Collection Premier Roman

Série Paulo:

Un colis pour l'Australie
Une voix d'or à New York
Une clé pour l'envers du monde

Collection Roman Jeunesse

Les fantômes d'Élia

Série Claude:

Claude en duo
Sur les traces de Lou Adams
Une ombre au tableau

Collection Roman+

Solitaire à l'infini

Josée Plourde

La promesse
des îles

Illustrations
de Linda Lemelin

la courte échelle

1
Le temps des vacances

Je relisais tranquillement les aventures de mon héros préféré, Didier aux pieds d'acier. Didier venait de déplacer une montagne pour sauver un hélicoptère, quand mon père est entré dans ma chambre.

— Tu veux bien me suivre? Nous devons te parler, ta mère et moi.

J'ai laissé tomber mon magazine à regret et je suis passé au salon.

Mes parents sont chouettes. Ils ont toujours de bonnes idées. Et des projets plein la tête! En les voyant tous les deux debout au milieu de la pièce, j'ai un agréable doute. Ils me cachent de belles choses, j'en suis certain.

Papa tient à la main le petit bateau dont je suis le capitaine dans mon bain. Maman brandit un bocal rempli de sable. Entre eux, un bassin d'eau clapote. Qu'est-ce qui se trame? Une surprise ou un cadeau?

Je me le demande et je ne suis pas le seul. Mon chien Gabon penche la tête d'un côté, puis de l'autre. Il agite les marionnettes qui lui tiennent lieu d'oreilles.

Papa prend la parole en premier.

— Mon garçon, il faut deviner. C'est une bonne nouvelle, promis!

Je réfléchis. C'est pourtant simple. Il y a le sable, l'eau et un bateau. Je réponds, pas très sûr de mon coup:

— Vous allez faire creuser un lac dans la cour.

Papa et maman pouffent de rire.

— Tu vois un peu grand, s'étonne maman. Penses-y, le sable, le bateau, l'eau. Allez, tu es bon dans les devinettes.

Les devinettes? J'adore. La minute est solennelle. Maman a les yeux qui brillent. Moi, rien ne me vient. D'un geste du poignet digne d'un magicien, papa déplie une immense carte géographique. Je suis bouche bée.

J'ai devant moi une vaste éten-
due bleue parsemée de taches
couleur sable. J'ai déjà vu ça! Je
connais cet endroit. Ce sont les
îles de Betsina! Je hurle ma joie:

— Nous allons aux îles de
Betsina! Hourra! Hourra!

Les yeux de papa sont pleins
de promesses.

— Nous ferons des châteaux
de sable. Nous visiterons des

grottes et nous nous baignerons dans la mer des Régales.

Les vacances arrivent. Enfin! Je suis fou des congés, des excursions, des croisières. J'aime tout ce qui bouge. J'entends mes parents comploter depuis deux jours. Maintenant que je sais, je dois penser à mes bagages.

Vite, une liste, ne rien oublier! Nous allons aux îles de Betsina, tralala, lala!

2
Pour l'amour de Betsina

Le lendemain, dernière journée d'école. À peine entré dans la cour de récréation, je me précipite vers Andréa.

Elle et moi, nous sommes les deux aiguilles du même réveille-matin. Je suis celle des minutes et elle, celle des secondes.

Andréa pense aussi vite que son ombre et c'est une amie en or. Ensemble, nous avons vécu les plus belles escapades. Nous avons visité le bout du monde en faisant semblant.

Il y a entre nous une histoire de radeau.

L'été dernier, nous avons trouvé derrière chez moi un trou que les pluies avaient rempli. Nous voilà donc avec une mare, un étang, presque une mer. Il ne nous en fallait pas davantage pour partir sur un bateau inventé.

Avec la complicité de mon père, nous avons construit une embarcation du tonnerre. Elle avait l'air d'un épouvantail: un balai en guise de mât, une roue de vélo comme gouvernail. De vieux pantalons de coton de mon père nous servaient de voile.

Et vogue le navire!

Pendant cet été-là, nous avons traversé le monde sur notre esquif pas plus grand que ça. C'est dans cette aventure qu'on s'était promis, Andréa et moi, d'aller ensemble aux îles de Betsina.

J'avais oublié cette promesse. En ce beau matin de juin, quelque chose me disait que ce ne serait pas facile d'apprendre la nouvelle de mon voyage à Andréa.

Moi, enthousiaste:

— Tu ne le croiras pas, Andréa. Tu ne le croiras pas!

Quand je suis excité comme une puce, je répète tout deux fois. Andréa m'assure que oui.

— Tu m'as bien crue quand je t'ai affirmé que j'avais un serpent nommé Zapetto! Et un crapaud nommé Dino!

Elle a raison. Nous avons tendance à ne pas douter l'un de l'autre.

— Mes parents m'emmènent aux îles de Betsina!

Andréa reste bouche bée pendant deux secondes. Puis les secondes qui suivent, elle les remplit à la vitesse de l'éclair.

— Nos îles! Nos îles de Betsina! Celles qu'on dessine aux crayons de cire dans nos cahiers?

Je fais oui de la tête. Je flotte. L'annoncer ainsi à Andréa rend la chose encore plus vraie. Je vais conquérir les dunes dorées des îles, je vais affronter la mer avec mon père.

Andréa a une drôle de tête. J'insiste:

— Quoi? Tu ne me vois pas en train de jouer à saute-mouton avec mon chien, Gabon. Et au frisbee avec ma mère, Cathy.

À ma grande surprise, Andréa ne rit pas.

— Il n'y a même pas de moutons sur la mer!

Moi qui pensais avoir lancé une bonne blague…

— Et ceux que fait l'eau en roulant jusqu'au bord?

Andréa n'écoute plus. Elle bougonne.

— Les îles de Betsina, c'est notre rêve à nous. C'est notre crème au chocolat, notre cerise

sur la glace aux noix. Je ne peux pas imaginer que tu vas découvrir les îles de Betsina. Que moi, je ne les verrai pas.

Une moue s'accroche aux lèvres de mon Andréa. Je reste un instant sans voix. J'aime quand elle sourit, mais en ce moment, c'est la catastrophe de ce côté-là.

— Je vais t'envoyer des photos, des cartes postales, une petite bouteille de sable. Et des tonnes de lettres.

Mon amie n'a pas l'air convaincue.

— Et si tu ne sais pas bien décrire les îles? Si ton sable a perdu sa vraie couleur? Et si, et si, et si…

Une énorme larme roule sur les joues d'Andréa, accompagnée par la sonnerie stridente du début des classes.

3
Le pacte du sable

Parfois, je voudrais être dans la peau de mon héros, Didier aux pieds d'acier. Il détourne des rivières et soulève des avions. Moi, je ne peux pas réaliser ces exploits!

Je suis un garçon sans pouvoir extraordinaire.

En réalité, je suis seul pour régler un grave problème. Andréa est ma meilleure amie et je ne veux pas que des larmes emplissent ses yeux. Il n'est pas question de la rendre malheureuse. Il faut trouver une astuce.

Au souper, je décide d'attaquer de front. Mes parents me posent la fameuse question à cent dollars:

— Alors, ta journée, fiston?

C'est là que je lance ma petite comédie. Rien de bien méchant. L'air abattu, je pousse un soupir très léger et je réponds faiblement:

— Pas mal.

Est-ce qu'ils vont se laisser prendre au piège? Une, deux, trois secondes passent, ma mère fronce les sourcils. Elle a mordu! Gagné!

— Mon Paulo, si quelque chose n'allait pas, tu nous le dirais…

J'affiche un sourire triste. Ma mère jette un regard rempli de sous-entendus à mon père. Papa n'aime pas trop quand son fils a des soucis. Il s'inquiète.

— Tu ne dois pas avoir tant de tracas, hein?

Même Gabon se met de la partie. Il vient appuyer sa grosse tête sur ma cuisse et joint ses soupirs aux miens. Je me jette à l'eau.

— Eh bien, c'est-à-dire que…
à l'école, j'ai fait de la peine à
quelqu'un. Beaucoup de peine.

Toute la surprise du monde se
lit dans le visage de ma mère.

— Quoi? Toi! Je ne te crois
pas!

— Qu'est-ce que c'est que
cette histoire? s'étonne mon père,
les joues en feu.

J'enfonce le clou.

— C'est une histoire de pacte
que je ne peux pas respecter.

Voilà une idée de Didier. En
fouillant dans mes vieux maga-
zines, j'ai retrouvé l'aventure in-
titulée *Le pacte du sorcier*. Dans
ce récit, Didier passe un accord
avec un sorcier pour sauver un
volcan sacré.

Un pacte, c'est une entente de
grande valeur. Quand on a juré,

pas question de reculer. Il y va de notre honneur. Aussi, j'ai décidé de mettre le mien en jeu devant mes parents.

Jusque-là, tout marche rondement. Ma mère roule et déroule sa serviette de table nerveusement. Mon père rassemble ses petits pois d'un côté de son assiette pour aussitôt les rassembler de l'autre.

Je poursuis.

— Je n'avais pas pensé que les choses tourneraient comme ça. Andréa et moi, nous nous sommes promis qu'un jour nous irons ensemble aux îles de Betsina. Jamais l'un sans l'autre, jamais! Maintenant, Andréa a un gros chagrin.

Maman est touchée.

— Tu l'as vue pleurer?

Je fais oui de la tête. Maman déroule sa serviette d'un coup sec. Papa éparpille les petits pois d'un élan. Il est déjà debout, la main sur le téléphone. Maman le rejoint.

— Nous allons arranger ça, mon amour. Pas question de causer une si grande peine à Andréa.

Trois minutes plus tard, les parents d'Andréa sont conviés à un rendez-vous en soirée. Merci, Didier, merci pour ta bonne idée!

4
Tout le monde à bord

Le temps de le dire, mes parents ont mis au point l'opération Charme. Maman a sorti les muffins aux bleuets. Papa, les photos des plus belles îles du monde. Le soleil, le sable et les beautés de la mer ont fait le reste.

Dix-sept minutes ont suffi pour convaincre les parents d'Andréa.

Caché dans le couloir, je chronométrais la performance de mon père et ma mère. Ils ont dû jurer de prendre un soin jaloux d'Andréa. De sa peau, de ses genoux et de son estomac!

Enfin, M. et Mme Bétancourt ont accepté. Je n'ai pu m'empêcher de crier victoire. Puis j'ai couru dans ma chambre pour téléphoner à mon amie.

— Tu joueras la surprise. Tu viens avec nous. Nous les verrons ensemble, nos îles de Betsina.

Andréa a hurlé si fort que mon chien, couché à mes côtés, a gémi. Il n'a pas fini de se plaindre, mon Gabon. Il vient lui aussi et il n'aime pas beaucoup les balades en bateau.

Une semaine plus tard, c'est le début de l'aventure. Hier soir, nous avons aidé mes parents à charger la voiture. Andréa n'en revenait pas.

— Nous emportons tout ça!

Mon père joue le pro:

— Nous partons pour un mois, mademoiselle Andréa. Il faut des vêtements pour le chaud, pour le froid. Des chaudrons, des livres, des jeux et des draps. Des pelles, des seaux. Des lignes à pêche. De tout, quoi!

Gabon vient déposer dans le coffre son canard mauve qu'il tient délicatement entre ses dents. Jamais mon chien ne se séparerait de son jouet adoré. Pour dormir ou jouer, c'est l'ami rêvé.

Quand nous sommes prêts, notre voiture ressemble à un mulet. Un petit âne qu'on aurait tant chargé qu'on ne verrait plus que son nez. Et hop! dernier dodo avant le grand départ. Nous nous lèverons tôt, à l'heure où les oiseaux dorment encore.

Nous mettons peu de temps à arriver au quai. La courte file des automobiles est déjà formée. Seulement douze voitures. Sagement, nous attendons notre tour, à peine réveillés. Sauf Andréa, à qui rien n'échappe.

— Regarde, une bouée grosse comme une barque. Et là, un marin avec un phoque tatoué sur le bras.

Moi aussi, je vois clair et un détail vient de m'apparaître. Dans l'encolure de la blouse d'Andréa, une tête de serpent se pointe.

Je pousse ma copine du coude et roule des yeux vers son reptile. Elle hausse les épaules et, l'air de rien, repousse son Zapetto vers sa manche. Elle a réussi à me cacher son ami toute la nuit!

Je n'ai pas fini d'en voir avec elle. Mon père préférait que Zapetto ne soit pas du voyage. Mais quand il va le découvrir, il sera trop tard. Enfin, la file s'ébranle. Andréa n'en revient pas.

— Hé! s'écrie-t-elle. Les voitures entrent dans le bateau.

Moi non plus, je ne m'en étais pas douté. J'embarque sur un traversier pour la première fois.

— Tout à fait, confirme mon père. Nous emportons la voiture avec nous aux îles de Betsina.

Voici donc le Brise-Bise, le navire qui nous amènera pendant deux jours. La proue du navire est largement ouverte et les véhicules s'y engouffrent tout entiers. On croirait des gâteaux multicolores dans la bouche d'un géant.

Les voitures rangées dans la cale, les passagers se précipitent sur le pont. C'est drôle, nous sommes les seuls enfants. Nous complétons un groupe de gens âgés qui voyagent ensemble.

Rien d'aussi palpitant que de voir la terre s'éloigner. Le bateau s'écarte du quai dans un bruit de sirène. Nous sommes au comble de l'excitation. De minute en minute, la ville rapetisse sous nos yeux.

Puis presque plus rien. Un petit point à l'horizon. Gabon pleure déjà. Le mouvement du

Brise-Bise qui tangue lui met le coeur à l'envers. Il s'écrase, les pattes sur le nez. Pour Andréa et moi, c'est l'aventure avec un grand A.

5
Un ennemi sur le pont

Au premier coup d'oeil, nous nous écroulons de rire.

Notre cabine est grande comme un garde-robe. Les couchettes sont si étroites que papa risque de tomber. Nous ne pouvons vraiment pas parler d'un château, mais d'un petit palais.

Gabon fait le tour en deux galipettes et se couche en rond, en râlant. Je sors son canard en peluche des bagages. Ainsi, il passera un meilleur voyage.

Andréa a la bougeotte.

— Allons visiter. Je veux tout voir.

Sitôt dit, sitôt fait. Nous sommes partis. Premier arrêt, la salle à manger. Andréa constate:

— Les tables sont fixées au plancher. Tu crois qu'on aura une tempête?

— Ne parle pas de malheur. Je ne sais même pas si Gabon sait nager. À propos d'animal, peux-tu me dire ce qui t'a pris d'amener Zapetto?

En entendant son nom, le serpent se montre. Andréa le repousse une seconde fois. J'insiste.

— Je n'allais certainement pas partir sans lui. Tu aurais laissé Gabon, toi?

Je n'ai pas besoin de répondre, elle le sait trop bien.

— Assure-toi que mon père ne tombe pas sur lui dans la cabine. Il va grimper au plafond!

Je m'interromps. J'ai cru apercevoir un enfant. Curieux. Je suis pourtant certain que nous sommes les seuls enfants sur le navire. J'entraîne mon amie à ma suite.

— Viens, il y a quelqu'un. Un garçon.

Nous nous précipitons dans le couloir. Andréa est sceptique.

— Tu es certain?

J'allonge le pas pour monter le raide escalier qui nous mène sur le pont.

— J'ai peut-être rêvé. Ça aurait été drôle d'avoir un compagnon sur le bateau.

— S'il y a vraiment un garçon, pourquoi s'est-il sauvé?

— C'est un plaisantin!

Sitôt ma phrase finie, des trombes d'eau nous dégringolent sur le crâne! Le fleuve est si calme, ça ne vient sûrement pas d'une vague.

Je lève les yeux au ciel. J'ai le temps d'apercevoir le pan d'un blouson bleu. Andréa l'a vu aussi.

— Il est là.

Nous repartons, au pas de course. C'est grisant de courir ainsi sur le pont du traversier.

On croirait filer sur l'eau. Seul le bastingage nous sépare des flots.

Nous empruntons une échelle pour monter sur le pont supérieur.

Aucune trace de notre farceur. Il doit bien connaître le Brise-Bise et toutes ses cachettes. Nous cherchons partout. Personne.

— Hé, les gens du continent! Vous êtes perdus?

Nous nous regardons, surpris. Il est de nouveau en bas. Mais par où est-il passé? Nous cavalons vers l'autre extrémité et trouvons une seconde échelle.

Sur le pont inférieur, nous dépassons l'escalier, les canots de sauvetage et la salle à manger.

Andréa me suit au pas de charge. Puis je freine brusquement.

Elle me rentre dedans et nous avons l'air de deux clowns en train d'amuser la galerie.

— Chut.

Je lui désigne les canots d'un signe de tête. Je chuchote:

— Tu ne crois pas qu'il est là-dedans?

Andréa dresse son pouce en signe d'assentiment. Elle attrape son Zapetto et me le met sous le nez.

— J'ai une idée, dit-elle. Quoi de mieux qu'un serpent pour faire sortir un petit malin de sa cachette?

J'en ris déjà. Notre finaud va avoir la peur de sa vie. À pas feutrés, nous nous approchons des embarcations.

J'ai vu juste. Une des bâches a été soulevée et mal replacée.

Nous allons nous amuser un peu à notre tour.

En jubilant, Andréa laisse glisser Zapetto dans la barque. Le résultat ne se fait pas attendre. Surgissant de son abri comme le diable de l'enfer, le garçon hurle:

— Au secours, au secours! On m'attaque, on m'assassine!

6
Le pied Marin

C'est lui qui s'est moqué! Eh bien! S'il était fanfaron il n'y a pas cinq minutes, ce n'est plus le cas. Il saute sur place et gigote comme un poisson en détresse.

Nous pourrions le faire marcher sur la tête ou lui commander de se tenir sur un pouce. Tout, pourvu qu'on lui promette de le laisser tranquille.

Andréa s'empresse de rengainer son serpent. Notre blagueur se calme aussitôt.

— Vous m'avez foutu une méchante trouille, dit-il avec un accent pointu.

Il s'est un peu calmé, mais il a toujours l'oeil chargé de malice. Nous nous mesurons du regard. Et, subitement, nous éclatons de rire, tellement que nous nous affalons sur le pont.

C'est décidé, nous serons amis. Je l'observe pendant qu'il rigole encore. Roux, très roux, et des taches de rousseur dessinées sur les joues et le nez. De bons yeux bleus, vifs et taquins. Il est le dernier à s'arrêter de rire.

Mais il ne donne pas l'impression d'avoir envie de cesser de s'amuser.

— Je m'appelle Marin. Hé oui, moquez-vous! Mon père est un homme de la mer et il a choisi ce nom. C'est sérieux, vous croyez, de s'appeler Marin en mer? Je suis breton comme mon père et mon grand-père!

Nous nous présentons et Marin nous propose de visiter le traversier à sa manière.

— Mon père travaille sur le Brise-Bise et j'ai accès à tous les recoins.

Andréa et moi sommes toujours partants pour des activités insolites. Zapetto réintègre son refuge et nous suivons notre nouvel ami.

— Direction les cuisines. Ouvrez l'oeil! On mettra peut-être la main sur une délicieuse crevette.

Nous grimaçons.

— Quoi? Vous n'aimez pas les crevettes! Estomacs de lavette!

On voit bien qu'il n'y a pas d'eau salée qui coule dans vos veines.

Nous entrons dans la pièce qui sert de cuisine. C'est petit et rempli de victuailles. Mais ce qui occupe le plus de place, c'est le chef lui-même. Marin le salue familièrement:

— Bon vent, Armand! Qu'est-ce que tu nous prépares aujourd'hui?

Discrètement, Marin s'empare d'un biscuit.

Le chef Armand est plus large et plus haut qu'une armoire. Il empoigne Marin par le col et le soulève au-dessus d'une marmite crachant de la vapeur.

— Je songeais à un Marin en sauce. Qu'en dis-tu?

Nous sommes pétrifiés. Ce géant va-t-il laisser tomber notre ami dans la marmite? Marin, lui, n'a pas l'air intimidé pour deux sous. Il glousse et Armand le repose au sol.

— Tu n'as pas un morceau de trop à nous donner? Nous grandissons, tu sais!

Armand cède à chacun une grosse tranche d'un pain tout juste sorti du four. Un festin.

— Sortez d'ici, ou j'avertis le capitaine Dodousse.

Nous quittons la cuisine en savourant notre tartine. Marin annonce la suite de la visite guidée.

— Maintenant, direction la cabine du capitaine.

Nous nous arrêtons net.

— Tu n'es pas sérieux!

Marin a l'air si confiant.

— Ne vous en faites pas, je suis au mieux avec lui.

Après l'avoir vu avec Armand le colosse, je suis prêt à le suivre. C'est d'un pas assuré que Marin pénètre dans la cabine du capitaine.

Je crois rêver. Ici, un sextant, là, une lunette d'approche. Ou un compas. Marin assure que ce sont surtout des souvenirs. Peu importe, j'adore cette chambre.

Marin fouine dans tous les coins, trop fier de montrer ce qu'il connaît à Andréa.

Moi, je reste près de la porte. Je crains bien sûr que le capitaine nous surprenne. Il ne faut pas trois minutes pour que mon sens de la catastrophe l'emporte.

Des pas lourds retentissent dans le couloir et la porte s'ouvre.

Un homme encore plus grand qu'Armand apparaît. C'est lui, c'est le capitaine. Il retire sa casquette. Il est roux de barbe et de cheveux, et ses yeux sont très sévères.

Il va nous jeter à la mer, ou pire, nous emprisonner dans la cale. La voix douce qui sort de cet imposant loup de mer me surprend.

— Marin! Combien de fois faudra-t-il que je te dise de ranger ta cabine?

Le capitaine pousse de la main une petite porte qui révèle une chambrette dans un désordre sans nom.

— Oui, papa, je vais m'y mettre.

Celle-là, je ne m'y attendais pas!

Marin est donc le fils du capitaine Dodousse! Marin est Marin Dodousse!

7
La table du capitaine

Le soir, autour de la table du capitaine Dodousse se trouve une jolie bande. Se délectent mes parents et le capitaine en personne, ce solide gaillard au gros appétit. Même Gabon fait le fier à mes côtés.

Zapetto se prélasse au cou d'Andréa. Eh oui, il a été découvert et est admis à table. Marin est assis entre son père et moi. C'est une belle tablée: on y rit fort et on y mange avec grand plaisir.

Heureusement, mes parents ne voient pas les heures passer. Le capitaine Dodousse raconte des histoires à s'étouffer de rire ou à trembler de peur.

— J'en ai connu des mers dé-montées et des matelots mar-rants!

Marin, qui doit souvent les avoir entendues, rit encore et en-core. Le capitaine continue de voir au bonheur de ses invités.

— Prenez un peu de ces cre-vettes, monsieur Constantin. Allez, allez, ce n'est pas tous les jours qu'on fête en mer, non?

Et mon père reprend des cre-vettes en me jetant un regard joyeux. Ma mère se pâme sur les calmars qui ne sont pour moi que des morceaux de caoutchouc. Ce sont les langoustines qui me font craquer. Le capitaine continue:

— Je ne vous ai pas raconté cette traversée où nous avons dû porter des mitaines. Nous avions attrapé la varicelle.

Andréa et moi, nous savons de quoi il s'agit. Nous l'avons eue, il y a deux ans, exactement en même temps. Les marins mitaines aux mains, j'aime bien. Malgré les formidables aventures, je ne peux retenir un bâillement.

Le grand air de la journée et le tangage du bateau ont fait leur oeuvre. Je commence à tomber de fatigue. Ma mère le remarque et nous suggère de regagner nos lits. Le capitaine a sa petite idée et se tourne vers mes parents.

— Je peux vous parler en privé, mes amis?

Les adultes chuchotent un moment, puis reviennent, l'air contents d'eux. Papa nous annonce:

— Les enfants, vous avez la permission de coucher sur le pont.

Trois hamacs vous attendent. Le matelot Étienne veillera sur vous.

Je ne tiens plus en place! Moi, je vais dormir sur le pont d'un bateau! Il ne manque que Didier à mon bonheur.

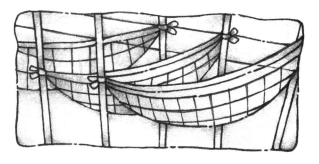

Chapitre 8
Une amitié à l'eau salée

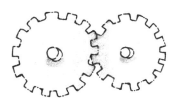

Bercé par mon hamac, il n'a pas fallu cinq minutes pour que je m'endorme. Dans mon sommeil, des langoustines à mitaines sont venues pour me pincer les orteils. Elles voulaient que je soulage leur varicelle.

J'ai dans le nez des odeurs marines qui transportent mes rêves sur toutes les mers du monde. Je n'ai jamais tant voyagé dans une nuit. Un rêve est plus insistant que les autres.

On me tire doucement l'oreille!
Mais qui ose donc…

Je me réveille pour apercevoir
Marin un doigt sur la bouche.

— Chut! Suis-moi.

Étienne dort à poings fermés
et Andréa murmure dans son
sommeil. Marin me précède dans
la pénombre. Nous descendons et

descendons encore. Un bruit mécanique régulier nous accueille.

— Nous voici dans la salle des machines.

J'ai les yeux grands ouverts et ce n'est pas assez. Je n'ai jamais vu de plus gros moteur que celui qui propulse le Brise-Bise. L'air rend un mélange d'huile et d'eau salée qui m'étourdit. Marin est comme un poisson dans l'eau.

— J'adore cet endroit. Et toi aussi tu vas l'aimer.

Apparemment détenteur d'un heureux secret, mon ami me sourit et me décoche un clin d'oeil. Il s'approche de l'engin.

— Tu n'en reviendras pas de ce que tu vas trouver là-dedans.

Je m'approche à mon tour et jette un oeil par la petite fenêtre qui perce la paroi du moteur. Les pistons s'agitent à un bon régime et…

Hallucinant! Mon Didier! Didier aux pieds d'acier, mon invincible héros, est là. Il court de toutes ses forces pour faire tourner le moteur. Mais le plus beau, c'est qu'il n'est pas seul. Un petit pirate trotte à ses côtés.

— Je te présente Thierry des mers, mon héros.

Elle est drôlement bonne, celle-là. Marin a lui aussi un héros qu'il arrive à voir. Et chose plus curieuse encore, nous voyons chacun le héros de l'autre. Nous pouffons de rire.

— Le tien, comment il s'appelle?

Je lui présente mon Didier.

— Je me doutais bien qu'il était à toi quand je l'ai aperçu!

Nous avons là un très beau secret.

Côte à côte, ravis, nous regardons courir nos deux héros.

Ma traversée remplit déjà ses promesses en me faisant cadeau d'un ami.

Vraiment, je ne peux pas être plus heureux. Mes parents, mon chien, Andréa et Marin, mon compagnon d'eau salée. Je souris. Vive les voyages! Vive les copains!

Table des matières

Chapitre 1
Le temps des vacances 7

Chapitre 2
Pour l'amour de Betsina 13

Chapitre 3
Le pacte du sable 21

Chapitre 4
Tout le monde à bord 29

Chapitre 5
Un ennemi sur le pont 37

Chapitre 6
Le pied Marin 45

Chapitre 7
La table du capitaine 53

Chapitre 8
Une amitié à l'eau salée 59

Achevé d'imprimer
sur les presses de Litho Acme inc.